老 戏

孙担担 著

北方联合出版传媒（集团）股份有限公司
春风文艺出版社
·沈阳·

图书在版编目（CIP）数据

老戏 / 孙担担著 . — 沈阳 : 春风文艺出版社，
2021.6（2024.8 重印）
　　ISBN 978-7-5313-6000-1

　　Ⅰ . ①老… Ⅱ . ①孙… Ⅲ . ①诗集—中国—当代
Ⅳ . ① I227

　　中国版本图书馆 CIP 数据核字（2021）第 107276 号

北方联合出版传媒（集团）股份有限公司
春风文艺出版社出版发行
http：//www.chunfengwenyi.com
沈阳市和平区十一纬路 25 号　邮编：110003
永清县晔盛亚胶印有限公司印刷

责任编辑：姚宏越		责任校对：于文慧	
装帧设计：杨光玉		印　　张：9.5	
幅面尺寸：145mm×210mm		字　　数：160 千字	
版　　次：2021 年 6 月第 1 版		印　　次：2024 年 8 月第 2 次	
书　　号：ISBN 978-7-5313-6000-1		定　　价：68.00 元	

蜕去疼痛的鳞

——关于孙担担诗歌的阅读小记

霍俊明

　　"蜕去疼痛的鳞"，出自伟大的诗人保罗·策兰。在读到孙担担的"我看着自己／一如灰烬回望火焰"时，我就想到了这句诗。

　　孙担担的诗在此前我一点都没有接触过，而她早在 1998 年即出过诗集《舞者》。由此，我不得不正视，任何一个人的诗歌阅读都是充满了局限和死角、盲区的，尤其在当下海量的诗歌生产以及诗人批量生成的境遇下更是如此。

　　事实证明，孙担担的诗回到了原点，即诗歌是为什么而存在的问题。孙担担的诗歌验证了一个人的精神编年史。由孙担担的诗我一次次想到的是一个人与自我以及世界的对话方式。与此同时，我也目睹了时间和生命本身以及二者龃龉所摩擦出来的火星和灰烬。在孙担担这里，诗歌既是一种辨认，也是疑虑重重的问题方式。尤其是像《清扫者》这样面对生死、黑暗经验以及人类终极问题的诗，孙担担尤为可贵的是没有坠入滥情易感的老式腔调中去。

　　在她的这些诗中我目睹了克制和冷静以及一次次的审视和思忖，她将"炽热的谜语"转化为一个个词语的可能和深度对视的精神空间。比如病床上的父亲"那么苍老，一如所有的苍老""分不清他的疼痛与我的疼痛"（《清扫者》），就在一瞬间将个人经验提升为普泛性的时间经验和生命经验本身。此时，它们已经不再是单单属于个体的了，而是转化为生命共同体和精神共鸣器。词语、细节和空间也由此成为一个个血管式的通道，成为精神共通的缝隙、孔洞、切片以及显影液。

　　实际上诗歌更难的还是在"日常情境"中写作，这要求诗人具有更高的发现能力，更为关键的是"个人"在日常中的位置、角度、取景框以及精神的完形。这不仅需要诗人以"分身术"对日常经验以及写作

内部经验予以拨正，而且需要诗人具有深度意象的凝视能力以及对日常甚至自我的语言转化能力，从而重新融合后形成修辞学意义上的震惊效果与新质经验。

平心而论，我喜欢孙担担的这种冷彻而深省的话语方式。这既指向了词语的用法又关涉一个人观察和体验世界的方式。这样说并不是意味着这是纯然雕塑般的冷凝式的处理方式，是她的情感在一部分诗中通过更为多样而适中的途径予以表现和生发出来，而不是女性花园中的水龙头直接喷洒出来。这样的诗，让我们看到了词语和情感、经验以及想象同步生成的"过程"而非"结果"。也就是说，孙担担的诗近于一次次微微颤动的翅膀所最终形成的灵魂的激荡与时间的旋涡。而这一切，诗人并不是经由喷发和呼喊的高分贝方式完成，而是一次次内化于精神与词语的互相校正和生成，内化于不断压低的声调。

孙担担比较喜欢（习惯）用铺排的方式，即往往通过几个并置或递进的场景进而通过循环、叠加、糅合等方式而成为意象和情感以及智性的和弦，它们之间彼此交织而形成对话结构，比如《下午两点一刻》《变脸》《新年书简》《这些莫须有的》《如果》《我想过》《艺术化》《太极》等诗都是如此。当然，由这种话语类型也得提醒一下孙担担，如果反复使用的话就会形成惯性的叙述腔调，诗歌的生成性和可能空间就会受到妨害。

值得强调的是孙担担的诗并没有避讳人生的难题和存在的悖论性。孙担担的一些诗具有物我等量齐观的价值，人与物与世界之间因为精神命运而贯通。质言之，人与哪怕极其日常甚至微小之物之间都存在精神互审和血缘关系。这取决于诗人的精神势能及其生发方式，对于孙担担来说不是居高临下而是恰恰相反，比如：

> 夜很深了。夜有宏大的黑
> 黑不过小蚂蚁的心脏
> 小蚂蚁的心脏，我的心脏，星星的心脏
> 是等重的，所以我们经常互换
>
> ——《秋夜书》

由此我们还可以注意孙担担诗歌中的那些"高频词"。

她甚至喜欢用身体、肉体、心脏、骨头、骨节、肋骨、筋肉、血肉、血液、血管、血压计、血压、衰败等词语来验证或测度心灵、灵魂、往事以及生命本身。这是过去、此刻和未来三个时间节点中的一个个"旧我"与"新我"的叩访、相遇、指认、错过或失去,"当我在傍晚的一钵汤中 / 打捞自己时仿佛捞一片菜叶"(《走失》),"我和每一个我 / 各有各的身世"(《一天》)。与此同时,这也是已知与未知、确定与不确定之间的彼此盘诘和抵牾。诗歌成为存在的证词或供词,尽管更多时候是以耗损、丧失、疾病甚至灰烬的方式而存在。这样产生的诗必然是具有精神势能和思想载力的。由此我想到了当年西蒙娜·薇依所说的:"精神重力就是上升,精神重力使我们跌到高处。"所以,当"秩序""时间""节气""中年生活"等词反复出现于孙担担的诗歌中,我们目睹的却是一次次探问的不无沉重的精神过程,它类似于一个人对凛凛的无常的深渊予以跖脚俯望的场景,"只有顶住这个深渊,才能绕过 / 别的深渊"(《济州岛的水罐》)。

再次回到孙担担以及诗人写作的原点问题。诗歌不纯然是自我的问题,而是涉及自我与事物、环境、社会以及整个世界的对话命题。

孙担担并不是一个自我封闭的诗人,她的诗歌呈现了打开、互动和渗透的精神趋向。《我之别处》《我独自开车在高速路上》《山岭隧道》这样的诗中就接连出现"世界""工业""农业"以及"公路""高速路""山岭隧道""水电站""核电站"等"时代景观",实际上这样话语类型的诗是有很大难度的。如果写不好的话,诗人就会被这些社会性、时代化的"大词"所遮蔽或消解。这样的诗实则对诗人的眼界、襟怀、观察角度、感受方式以及诗歌的转化途径都提出了挑战。而在《我之别处》这首诗中我们就看到了孙担担的化解和转换能力,这些"大词"被逐一转化为细节、场景以及个体主体性层面的观照和反思。归根结底,诗歌只是一种特殊的"替代性现实",即精神现实。诗人必须意识到即使只是谈论物化的"现实"本身,我们最终也会发现每个人谈论的"现实"不尽相同。更多的时候"现实"是多层次、多向度、多褶皱的,正如陈超所吁求的那样"多褶皱的现实,吁求多褶

皱的文本"。现代人的日常经验已然愈益分化，当下中国诗坛充斥的正是随处可见的"即事诗""物感诗"。在日常经验泛滥的整体情势下"现实"是最不可靠的。唯一有效的途径就是诗人在语言世界重建差异性和个人化的"现实感"和"精神事实"，而这正是中国诗歌传统一直漫延下来的显豁事实。无论是肯定还是怀疑，诗人都必须最终通过"词与物""诗与真"的平衡或校正来完成"诗性正义"。

孙担担的诗歌更近似于低声的自我争辩。时间的砧板敲打，秋风如刀。面对日常的我、精神的我以及往昔的我和未来的我，诗人如果只是挽歌式地回忆，不免会使得诗歌沾满愁绪，从而重新蹈入浪漫主义泪水涟涟、伤痕累累的老旧套子中。解决这个危险的一个途径，就是诗人应该具有预叙未来的能力。这是深层的自我审视与辩难。是的，诗人应该具有重新认识自我的能力，以及从"日历上撕下的骨灰"般的勇气，"我汗津津的手，把新生的我 / 放在地球上 / 把那些故去的我 / 放进太空里"（《新台历》）。

显然，在被抽动旋转的陀螺般的物化时间维度中，诗人一直站在时间的中心说话。或者更确切地说诗人是站在个体主体性的精神维度和个人化的现实想象力的维度开口说话，说出茫然，说出火焰和灰烬。

> 我看着自己
> 一如灰烬回望火焰
> 我对自己说话
> 词语顺着窄窄的血管
> 逆回
>
> ——《失乐园——之醒》

是的，诚如诗人自己所说"成为灰烬是一种醒"。写作对于孙担担这样的诗人而言更类似于个体的"精神事件"，诗歌是对自我唤醒的方式。诗人的责任或要义在于说出可说或不可说的秘密或揭示事物的内核纹理。这也验证了诗人不是代替先知和神祇说话，而是代表人和存在本身说话，代表诗人的语言责任和诗艺良知本身。在孙担担的诗中我也

一次次目睹了"时间的焦虑",她的一半面孔在火焰中,另一半面孔则在灰烬中,"我热血沸腾的身体里 / 怎么有恒久的冷"(《误读》)。这是一种双向拉伸的力量,这是存在和词语随着时间的猝然降临或离去而形成的既真实可感又虚无茫然的精神场域。

由孙担担的"旧毛衣""西瓜""美人蕉""奶奶的纸牌"以及"二八大自行车"等容留了深度经验和个人记忆的意象,我想到的是海德格尔对凡·高"农鞋"的深度凝视和精神还原。

> 暗红的红,二十年的旧红
> 摊开在沙发上
> 一座旧花园
>
> 旧花园里没有明灯
> 些许暗火深藏
> 我找到那个可以将整个毛衣拆开的线头
> 轻轻一抻
> 二十年腐朽的芬芳
> 跟着我的手指,顷刻冲毁花园
> 轰轰烈烈
>
> 暗火乔迁,我的头发上燃起白色火焰
>
> ——《旧毛衣》

它们既是物体自身又是精神的还原,是彼时的生命体物证和再现。这是存在意识之下时间和记忆对物的凝视,这是个体主体性和精神能动的时刻,是生命和终极之物在器具上的呈现、还原和复活,"从鞋具磨损的内部那黑洞洞的敞口中,凝聚着劳动步履的艰辛。这硬邦邦、沉甸甸的破旧农鞋里,聚积着那寒风陡峭中迈动在一望无际的永远单调的田垄上的步履的坚韧和滞缓。"(海德格尔)这是凝恒之物、老旧之物甚至死亡之物对存在的终极考验和艰难叩访,是长久与短暂、已知与

未知的时时盘诘和龃龉，而时间、轮回、因果、生死、回忆、归宿和未知都深不可分地搅拌在一起。

平心而论，近年来我的阅读越来越倾向于那些"必读诗人"，也许他们的语言方式和诗歌风格迥异，但是这些诗都能够在一定程度上撼动我并让我在阅读的过程中"有话可说"。我想，任何一个诗人的文本都应该具有自忖、对话和盘诘、磋商的可能，反之，诗的可读性和生命力就是可疑的。在诗人与言辞、生命与生存、词与物的彼此纠葛的复杂情势中，诗歌作为一种特殊的文体，不仅是人类自身精神和情感体验的守护者，而且是向公众敞开的艺术形式。基于此，我们需要的正是这些深层次的精神对话，这是在阐释别人，也是在剖析自我。或者更确切地说，在对话中我们找到了精神对应和个人词源。

此刻，我想到了孙担担诗歌中明亮和黑暗之间那个渐渐变灰的地带，想到她曾写给保罗·策兰的诗句：

> 那些水曾想把你拦住
> 又必须接受你之灰烬
> 你之灰烬

2021 年 2 月 26 日元宵节初稿，28 日昼雨夜雪中改定

简介： 霍俊明，河北丰润人，研究员、博士后，现任《诗刊》副主编、中国作协诗歌委员会委员、中国现代文学馆首届客座研究员、首都师范大学中国诗歌研究中心兼职研究员。著有《转世的桃花：陈超评传》等专著、诗集、散文集、批评集等十余部。曾获国家哲学社会科学优秀成果奖。应邀参加剑桥大学徐志摩国际诗歌节、黑山共和国拉特科维奇国际诗歌之夜、青海湖国际诗歌节等。

目 录

卷一　新年书简

新年书简　　　　　　　003

变　脸　　　　　　　　007

清 扫 者　　　　　　　009

下午两点一刻　　　　　011

我之别处　　　　　　　013

失乐园——之醒　　　　015

这些莫须有的　　　　　017

测　量　　　　　　　　019

如　果　　　　　　　　021

我 想 过　　　　　　　023

省　略　　　　　　　　025

走　失　　　　　　　　027

正月——元宵　　　　　029

卷二 济州岛的水罐

济州岛的水罐　　　　　033

当我看着你　　　　　　035

不 眠 夜　　　　　　　037

谜 语　　　　　　　　　039

芍药四言　　　　　　　041

一 天　　　　　　　　　043

民 谣　　　　　　　　　045

地寒未甚　　　　　　　047

误 读　　　　　　　　　049

我听你说　　　　　　　051

河 之 醒　　　　　　　053

酒里山河　　　　　　　055

中年生活　　　　　　　057

卷三　梨花之白之川端康成

梨花之白之川端康成　　061

艺　术　化　　063

赘　　言　　065

偏　头　痛　　067

在不远处　　069

哈根达斯之凉　　071

无法看见　　073

雪　与　石　　075

一杯茶中的写意之春　　077

薄荷叙事　　079

不　妄　言　　081

过　敏　症　　083

夏　　夜　　085

卷四　供词或证词

供词或证词　　　　089

西　瓜　　　　　　091

秋　夜　书　　　　093

午后的美人蕉　　　095

九　月　　　　　　097

世　相　　　　　　099

收废品的女人　　　101

说　门　　　　　　103

长歌或短歌　　　　105

徒　手　　　　　　107

江　南　　　　　　109

太　极　　　　　　111

风　湿　痛　　　　113

卷五　秦俑

秦　俑　　　　　　　117

旧 毛 衣　　　　　　119

班家寨的太阳　　　　121

景　深　　　　　　　123

满　弓　　　　　　　125

相　告　　　　　　　127

横断山脉　　　　　　129

飘　　　　　　　　　131

这个雾霾的下午　　　133

近　视　　　　　　　135

冷　　　　　　　　　137

宽恕之意　　　　　　139

新 台 历　　　　　　141

卷六　我独自开车在高速路上

我独自开车在高速路上　　145
相　遇　　147
混　淆　　149
奶奶的纸牌　　151
除　夕　　153
流浪狗　　155
清　明　　157
献词：一种指向　　159
不安之梦　　161
英文课　　163
静　物　　165
青花瓷　　167
数　伏　　169

卷七 溪山行旅图

溪山行旅图　　　　　　　173

山岭隧道　　　　　　　　175

小　城　　　　　　　　　177

悔 过 书　　　　　　　　179

巴西木的花朵　　　　　　181

斑　马　　　　　　　　　183

青 菜 欢　　　　　　　　185

姓 氏 学　　　　　　　　187

雨　水　　　　　　　　　189

借　　　　　　　　　　　191

绝　技　　　　　　　　　193

毫无把握　　　　　　　　195

老　戏　　　　　　　　　197

炎症风暴　　　　　　　　199

吉 赛 尔　　　　　　　　201

卷八　铡美案

铡 美 案　　　　　　205

天堂口哨　　　　　　207

给 策 兰　　　　　　209

桃 花 庵　　　　　　211

游吟诗人　　　　　　213

问　樱·　　　　　　215

写　信　　　　　　　217

流　速　　　　　　　219

百　业　　　　　　　221

伍尔夫　　　　　　　223

阴　天　　　　　　　225

记忆与遗忘　　　　　227

戒　律　　　　　　　229

夜行的货车　　　　　231

第 九 劫　　　　　　233

卷九　空空如也

空空如也　　　　　　237
家　谱　　　　　　　239
飞机和梳子　　　　　241
宫　墙　　　　　　　243
鸟　殇　　　　　　　245
理　由　　　　　　　247
愿　望　　　　　　　249
重　逢　　　　　　　251
青城山记　　　　　　253
听　琴　图　　　　　255
敲钟人和钟　　　　　257
沼泽之书　　　　　　259
寒江独钓图　　　　　261

后　记　　　　　　　263

卷一　新年书简

新年书简

一月
我会来到你的身边
但是　我的双臂不会来
她们要留在山坡上
长成鲜嫩的蒿草
等待一个人　称作母亲

三月
我会来到你的身边
但是　我的双腿不会来
她们要留在山顶
长成石头
等待一个人　称作父亲

七月
我会来到你的身边
但是　我的眼睛不会来
她们要留在哪里
长成一汪深湖
等待一个人涉水　称作儿子

九月
我会来到你的身边
但是 我的身体不会来
她要留在哪里
长成一个国家
等待必经的苦难

十二月
我会来到你的身边
但是 我的灵魂不会来
她要留在书里
长成一篇经文
等待有人吟唱

变　脸

吹一口火
把我的脸烧成灰
我却不会死
再生出新的脸
一层　又一层

一层脸面
只能遮住一颗心
千层脸　我心只好游荡

我的袖口里
藏着几个朝代　腾身飞落
满地生死　随便几颗心与几段命
送给你
这是红的脸　绿的脸
这是你的脸　神的脸

有新生的脸　我不死
当我终于坐怀不乱　我的躯体
是我心的坟冢
当你也坐怀不乱
你的躯体　是神的坟冢

你看到我的脸
我看到神的脸
没有界限

清 扫 者

冬日下的铁轨支起时间
时间就练习快起来　或慢下来
我顺着铁轨捡拾时间　和
时间里的诗句
每一句　都是从父亲的喉咙里飞出的
他不想要了

大夫抢救父亲的呼吸
我去抢救父亲喉咙里的诗词
他睁开眼睛成为清扫者
用失明的目光　清扫

两只黄鹂在病房里飞舞
月光照在床前
照在那个苍老的脊背上
那么苍老　一如所有的苍老

那些翠柳
沿着他的胡须　发髻
沿着一根细弱的呼吸的绳子
被他清扫　还包括他的脂肪
还有我伸向他的手

他日渐干净
以至于我日渐分不清悲欢
分不清他的疼痛与我的疼痛

下午两点一刻

我的椅子
因为心灵沉重
入地三尺

我的笔尖
因为往事沉重
刺破词语

我的肉体
因为血液沉重
走向衰败

我的未来
因为未来沉重
停在此刻

两点一刻

我之别处

这个世界震动了一下
它的工业
它的农业
它的小提琴的音符飞上云端

公路那么绵软
被随意扭转　伸向虚无
一只蜜蜂含着一滴眼泪
双脚沾满鲜花的粉
粉之鲜嫩与沉重
英年的沉重　它颤抖
一滴眼泪是一场洪水的幼年

沸腾的群山做好了准备
无论水电站　核电站还是谎言
都可以相濡以沫
都可以相互断送

最美的风景在空白处
最美的歌声在无声处
最爱的爱　在别处
我看见这个世界震动了一下
我没有动
我在别处

失乐园——之醒

我看着自己
一如灰烬回望火焰
我对自己说话
词语顺着窄窄的血管
逆回

从泥土到浮尘　是一种醒
从咒语到经文　是一种醒
成为灰烬　是一种醒

我的眼睛　黑黑的
看不到罪之重
看不到乐之轻
失乐之重像雪片缒于深湖
雪片样的幡　在眼睛中
荡来荡去

荡出词语
荡出睡眠
荡出低低的高山峻岭

这些莫须有的

那只寒鸦
站在老树桩上
由来已久的落月或青霜
它的历史和它的现实
都是莫须有的
所以　它承受命名

一支民谣
游走在空气中
它的故乡和它的异乡
都是莫须有的　所以
它随意走进一个村庄

一座山的重量　和
一颗心的重量　都是莫须有的
当千重山峦
在一颗心内得到加冕
生或死也是莫须有的

这些都是莫须有的
包括我
和另一个我
所以　我要在这莫须有的一切中
看到什么
就要祭奠什么

测　量

血压计上的水银柱
我的影子

我的高压一度一度
攀上山顶
山顶无风　只有云
云的摇车　晃悠

我的低压
引我去寻找树根下的水流
我要躺下来
才能找到

我的身体越拉越长
高过云端的高
低过泥土的低
只能用寸寸呼吸
测量

如　果

如果因一颗种子的沉默
所以山谷沉默
天地即在此

如果因一个人的失聪
让一种口音哑然
故乡即在此

如果跋涉千里
走不出一掌池渊
爱即在此

如果冬夜的两端
被锁紧
梦即在此

我 想 过

我想过
用一道疤去亲吻一道疤
将吻未吻之际
伤疤也会变成经文
善恶都很安静

我还想过
将一种有毒的草种进身体
毒的汁液谙熟我的血中异己
从此我的骨骼和骨骼中的刺
相濡以沫

我想我这一生会走很远的路
从麦子熟透的穗走向谦卑的饭钵
从一种谬误走向另一种谬误
从一介命走向一抔土
我想过
我要走得比陇上的风慢一些

我想
我不应该自己辨认自己
如果真的认不出自己
那就太好了
由此　这个世界对我赤裸呈现

省　略

此生
我选用的方法是孤注一掷
因为我省略来生

我相信血肉
省略颅中思想

我相信青蛙眼中有一个天
所以　我省略天外天

我省略衣扣
因为我的皮肤无法被解开

我省略书上的历史吧
我用自己的编年体
对折身体
白天　我练习对世界妥协
夜晚　我对一切咆哮
以噤声的形式

我必须孤注一掷
因为我唯不想省略此生
包括刮过此生的寒风

走　失

春来了
我抬头又低头
用一个下午的时间　走失

这样的走失
让我变得又薄又轻
当我在傍晚的一钵汤中
打捞自己时　仿佛捞一片菜叶

正月——元宵

农历乙未年，正月十五
这一天在秩序里
不会不出现
虽然我又一次踏进这一天
属于意外
好比我撞上了人间的自己，属于意外

好比我看见初春的雪
覆盖那些根本盖不住的债
没有意外

人有太多的债还不清
排开日子慢慢还，叫传统
我向南叩首，向北躬身
怀抱春雷和秋雨
再顺从节气
炸开，倾泻

卷二　济州岛的水罐

济州岛的水罐

我熟悉这个水罐
就像熟悉春天或秋天
晨光或月光

它坐在那里，安静
保管水的模样，药的性别
被确认的生老病死，还有爱与恨
都在它腹中

有些序列可以打乱
我可以看到自己是一位朝鲜族女人
丰腰的长裙内，身体是劳作的
水罐坐在我头上，装满水
装满希望与绝望
还有超验

生之沉重，所以水罐沉重
水罐内有一个深渊
只有顶住这个深渊，才能绕过
别的深渊

当我看着你

我低下头　房间辽阔
那么多三岔口啊

我看着你
夜随之破了
一片一片散开来
当被子盖在我身上

我只好看着你
想念你
你的影子是旧的
站在我的手上取暖

不 眠 夜

新年里的不眠夜
水不择路
漫过陈年裂隙

裂隙中满是年华的尸骸
鸟羽的样子
庸常的样子
我的样子

我的双手悠闲
左手忠贞　右手背叛
我用悖论去刷洗一个人
这个人是我
像
谵妄的桃子
鱼群中的眼神
衰败时的香气

谜　语

谜语里有未亡人的太阳，抛弃天空
谜语里有一场雨
一直下一直下
淹没我的脚踝，赋予脚踝
出生前的静寂

我的小松树站在那里
它每根叶针都在吟诵，使沼泽安宁
被死亡占有的所有
似乎呈现了

一个美丽的谜底
带着一点悲欢，呈现了
我几乎获得了你

芍药四言

芍药悠悠言
我"将离"
湘云的最后一根发丝也飘走了
哪里有不会离开的命脉
四月的风来寻我了
我在寻攀上云朵的梯子

芍药喏喏言
我是草本，非木本
莫不都是心之本
草说话，说一年
木说话，说多年

芍药喁喁言
把经书也挪开吧
经文也是羁绊
离君最近的，有一小块儿天
一小撮土，和我的一枝脸

芍药默言
草的命，非命
露水的命，非命
非命遇见非命，才成命

芍药对我说了这些话
这些话又被风吹散了

一 天

这一天，从中间分开
左边是上午，右边是下午

这一天漫长
上午的归于无常，下午的也归于无常
上午和下午，左边和右边
我和每一个我
各有各的身世

我已无暇指认
我跳出老旧的夕阳
再跳进一个崭新的黑暗

民 谣

你在叫我的名字
白杨树梢摇晃，我的名字和我的身影
都被麻雀衔在嘴里，洒满田野

你再叫我一声吧
薄雪就落满胸口
一个胸口中有几寸高的天与地
还有庄重的孤独
一只羊在天上独自绸缪
一汪浅湖，出神

你每天都叫我的名字吧
草木皆会成兵，草木皆有故乡

你是谁呢
你每天叫我的名字吧
我就画地为牢
在失传的民谣里，给自己荣耀

地寒未甚

如果一种节气竟然占据了半生
一些种子就无意苟且了

地寒未甚
我的手心里还有一些种子
那是一些小颗粒的良善
小颗粒的亡灵
小颗粒的我，跳舞、游荡

我的手心陡峭，生死为界
翻转手背，遗忘为界
地寒未甚，是一颗大良善

误　读

我生不逢时，又恰逢其时
我置身度内，缘何沦落度外
我热血沸腾的身体里
怎么有恒久的冷

我曾是深情的写信人
尚未来临的日子我尚未描述
青稞酒与当归饮互换身世
喝一杯，我再向北斗星问路

我生不逢时，又喜于恰逢其时
我误读所有苍茫的时刻，误读听起来
都是赞美

我听你说

你的声音雪花样飘过来
还没飘过来，就化了
午夜，这些声音又似幽灵一样打转
在墙角，长成一丛一丛的森林

冬令冗长，我心里的狼和月亮里的兔子
都清楚，虚幻的并不轻于真实的
在你的声音里，音符也不比啜泣动听
词的夭折可能会早于其所表之意

在我听来，你的声音与多明戈无异
一些金属在声音里爆碎时，声音还是连着的
就像骨头碎断时，也有筋血连着
你继续说吧

我多么希望你说到动情处
我也刚好动情，一种凶险卷土而逃

河 之 醒

河醒时，河的腰身也是水的腰身
水的腰身也是我的腰身

晴空万里，燕子留下几个手势
一种操劳的手势
群山就交出绿，南风交出暖
我的呼吸交出盛世

在真实的辽阔里
可以虚构很多亲近
草隔着水也可以跑到对岸
有些人隔着死，也可以相遇
河边，一些绿色小游魂站上枝头
雨，只能怎样下呢

河上的夕阳
如火。堪比一个眼神
堪比绝望。堪比绝望后的恩仇相轻
爱恨相混淆，生死相忽略
原来，河醒了
再一次变成水，鸭子们啄几口谚语
有声音说——
再一次活下来吧

酒里山河

穿过我的喉咙
穿过我的姓氏
穿过我被遮蔽的部分
我的发丝，我的历史

我的肯定，我的否定
穿过我的疤痕时
我的吟唱，有些汹涌

人间在晃动，朝代也在动
我的脸是牡丹
在唐朝里泼墨，在宋朝里工笔

虎啸虫鸣，残亭古道
我喝下长河落日
却流出泪水——

中年生活

灰色的街道旁有灰色的树
树上站着灰麻雀
它们飞走，或者不飞
都是早报上的新闻

街上有行走的人
和飞跑的铁盒子
每跑一步，都是更深度的迷路

一些连续剧缠住了灯光
灯光里的时光长得足以让身体发酵
那些台词，胡乱编造避难所的方向

有人总在房子里洗碗
那些洗不完的碗

选择活下来吧
真正活下来了，是被选择

梨花之白之川端康成

总有谬误，魂灵
谬误和魂灵共同残忍

有一些残忍是为了降伏树枝的
树枝裂开皮肤
吐出一些白
谬误和魂灵共有的白
只有谬误和魂灵才可以书写的白
白花朵

有一个人也可以书写白
可能叫川端君
白花朵是魂灵还是谬误
川端君都认得。他一一指认后
看清了自己的颜色

艺术化

几种颜色，纠缠
一块布抽搐起来

几种味道，纠缠
一杯水懂得恐惧

几种腔调，纠缠
一个回忆录找不到主人

几种声音，纠缠
很多只蛾子从高音坠向低音

几种生死，纠缠
我看到了你的眼睛里
等待被安葬的多于新生的

赘　言

我等啊等，等到一些赘言
山谷里的墓志铭
湖里倒伏的枯莲枝

那些逃窜的，却是我想听到的
比如林叶间的微风，穿过时
掠走喉咙间的赞叹

小虫内心的风暴
与任何颜色不相关
琥珀因此有颜色，一种胁迫
让小虫留下赘言

睡眠应该是辉煌的
那些梦，本不该留下
无须赘言

偏 头 痛

我额上的荒草，被一根一根锯断
那些嵌入额头里的证词
像猎人的手指

一股汹涌，自史前之河
穿过根根血管
抵达我的心脏，一声澎湃，一声虚空

上有雷霆，下有泥淖
我的额头是战争后的寂寥场
偏头痛——我的战利品

淤泥终要宽恕雨水
惊雷被草叶抱在怀里
疼痛像鸽子一样曼妙飞
能把我吹倒的风
正走在半路上

在不远处

左手边
田野是去年的，有些苍老
也有一些苍老的星体
落在田野里，这些小石头
曾是星星

我的脸上，面具也很旧了
因而更重
新生的皮肤，躲避新生的刀子
皮肤下的恐惧，得以继续藏着

我的周围，有光
我推开这些光，连同光里的事情
它们即将发生
好的事情，证明我的本意是好的
不好的，就不好吧

在不远处
这个世界小心翼翼地
看护我

哈根达斯之凉

我爱你
我滚烫的舌尖触碰到冰凉
一如亡者触碰了复活之药
生与死在哈根达斯的浓度里相遇

我的味蕾，上帝的身份之一
轻易被哈根达斯胁迫
并且，哈根达斯也是轻佻的
轻佻的腰身，轻佻的雪白

我的味蕾，追逐着
随着那些冰凉，游遍我的全身
所到之处，有倒伏，有痉挛
周身赋以星辰的坐标
昭示我生命之沉重，和
哈根达斯之凉

我爱你——哈根达斯之凉
由此，我更爱我正剧痛的胃
和已经结冰的泪水

无法看见

寒枝于夜
瑟缩的枝头
是小营地，也是空悬的巅峰

我无法看见宿营的花蕾
这些巅峰偶尔摇晃
我随之摇晃

我无法看见花蕾的苦难
苦难的味道芬芳，形状婆娑

我能看见什么呢
寒枝于夜，我于夜
无法看见的都在顺行，像陪着我
可以看见的都在逆行，想毁灭我

雪 与 石

小石头们在山上躺着
躺了多久
山风从石头间的缝隙穿过
石头心里的时间是坚硬的
风，只好绕过去

寒春，飞扬大雪
用永恒之白，书写白的无限
小石头缄默，对身上的白雪缄默

大雪盖住山野
最先逃出来的是石头
露出身躯做证词
证实曾流亡的不是山野
而是大雪

一杯茶中的写意之春

春天来时
翠绿的茶叶芽，是片片春苗
在水中立着，安安静静，芸芸朗朗
阳光穿透水，穿透温良的叶脉

我的味蕾在香气中醒来
我的谦卑也醒来
心里的小河也醒过来了
茶香引路，每一片叶子各有皈依
我亦敬畏万物

在一杯茶中
我看到叶子们
在沸腾的水中飞舞绽放后
水回报以极致的颜色之美
我因此确信自己的头发变白之后
我会得到极致的宁静之美

在一杯茶中，我的手指也同叶片一样舒展
我对爱的寓意漫出水杯，越来越高
高过最高的那缕茶香
高过了云朵

薄荷叙事

我一步步走出自己的叶脉
游荡在空中
叶脉倥偬。灵与肉，都不肯被收留

我知道，再深重的味道
也不能击退病的味道
泥土轻轻翻个身，那些绿色
就被溺亡

许多时候，我穿梭于鼻息
我更愿意潜入某种心脾
那里山川豪迈，沧澜万丈
被倾吐时，只是一声长叹息或一声
短叹息

我的味道深重
包住那么多秘密

苦，不过比甜站的纬度低一些
当天空很蓝，那些蓝是被涂抹上去的
因为有些心脾需要那些蓝

不妄言

我想让喜鹊学唱一首歌
悠扬。像我一样唱，慢慢唱
柳树枝就变成喜鹊的肋骨
可以微微弯曲
向上弯曲，不可以折断

疤痕都是身体上的教科书
表述的真理似是而非，我择疑而信
我择疑而画，画出我在史前的脸

我细数北斗
棋盘上的末路无数
无数归于一，天地万象都被我认领
什么都不会丢了

所有的预感归于泥土，在泥土中
根根树须都是佛陀
经文往下写，恩泽向上长
有一根是我，修长的样子

我呼出如是言，言微寒

过 敏 症

如果练就了过敏
就学会了甄别
该交出的交出吧
该捂住的一定要捂住

我练就了如下功夫
鼻子对空气中的异质过敏
我就打喷嚏
皮肤对棉花中的异类过敏
我就长痘痘
耳朵对谎言过敏
我就流眼泪
大脑对高过头颅的一切过敏
那就低头活着吧

我交出耳舌口鼻身
捂住体内的异己
我的过敏症,让我对自己
心存渴望

夏　夜

闷热有多种形状，多种容器的形状
我住在城市高楼里，窗外没有蛙声
一只飞蛾撞向玻璃
这座楼，像一颗牙齿一样松了松

今晚，六月就走了
明天叫七月
没有一个月份敢早走，敢不来
人呢，说来就来，说走就走
出生多欢愉
死亡多悲凉

我只好在这个闷热的夏夜里
心生大片报春花
用这些报春花，盖住一个人走后
留给我的无尽悲凉

卷四　供词或证词

供词或证词

我爸病了
他开始着急地
掏出身体里的很多旧事
他流泪，泪水的味道都是药的味道
那些事都明闪闪的，不曾被修改
越掏越多
原来，有些疾病是为了说出供词
是为了让隐藏一生的恐惧
见到天日

他变得像一个活的靶子
每天都有一部分身体被击中
被击中的部分就倾斜、失灵
左手、左腿、眼睛、耳朵……
原来，这些疾病也是证词
证明一个人曾将万里江山拥揽入怀
又一寸寸丢掉

西　瓜

切开西瓜
一位战国夫人的脸
那么红

王在远眺，我吃一口瓜瓤
西瓜就丢了一块江山
人间尚安好

被挖空瓜瓤的西瓜瓢
亏极始盈
我可以把一切都扔进去
哭泣、欢欣、生死，甚至诅咒
甚至我丢了几个朝代都没有丢掉的
那个眼神

大唐的秋风来了
大宋的那个哀伤的皇帝开始唱歌
我在西瓜瓢里看到判决书
一切维持原判

秋 夜 书

夜很深了。夜有宏大的黑
黑不过小蚂蚁的心脏
小蚂蚁的心脏，我的心脏，星星的心脏
是等重的，所以我们经常互换

盛夏每一次的离开
都是突然转身
菜园里有一些虫子是想再活些日子的
叫声惨烈

最早到来的屠手，先于秋风
有些叶片先斩断自己，再激怒秋风

夜是昼的背面
我先于秋风，看到了自己的背面

午后的美人蕉

秋日的午后，空气中的那些秘密
稍不留神，就会被阳光穿透

万物皆因懂得界限，而不越界
所以美人蕉的红和落日的红
和血液的红，不是同宗

这朵美人蕉，怔怔地盯住我
盯得我脱口而出奶奶的乳名
外婆的乳名，和妈妈的乳名

芝、兰、凤，我在花萼的弯曲处
将她们一一认领
一如她们每一次的认命

这个秋日的午后
好像因为我们再一次披上红袍
而静止了一会儿

九　月

每一个九月到来时
我都会骨节略痛。我正在一株玉米秆上
顾盼生姿
头上的花穗就那样对着天空
把剩下的情色交出去

天空略有不安
云朵们都往高处躲了躲
两只鸟正相爱，也往高处躲了躲

每一个九月到来时
我都是这副模样
为了枯萎时也有些体面
我让颗颗米粒变得饱满生硬
以示成熟

世 相

我是镜子钟爱的、准确的圆心
我每天照啊照，动用半径或直径
动用逆光或反光
动用白天或黑夜，已经动用了半生时光
寻找自己准确的相貌

我的猫每天看着我
它对我温柔以待，它期冀用温柔实施胁迫
它总想把我从镜子里抓出来
它努力混淆我和它的界限
它不知道
人间的世相里，不会有它
我也出不去

收废品的女人

我把一个星期攒下的报纸卖给她
她给我一块钱
我把两个星期攒下的报纸卖给她
她还是给我一块钱
我耐住性子，把四个星期的报纸卖给她
她给了我一块五

我说，你给我的钱是不是太少了？
她说，你不卖就算了
她口音里的外省，正值雨季

我听见，在跟我争辩时
她三岁的儿子正在她的头发丛里奔跑
踩断了几根新鲜的白发
也踩断了外省的
一丝又一丝新雨

说 门

午夜的我仿佛已经睡了
还有影子在我家的门间奔忙穿梭
那是白天的我,还没有被夜色洗净

白天的我,是一个虚无主义者
总是寻找粮食的源头与尽头
当我完成启蒙,也完成了一天的活计

夜里,我是一座寺庙
关紧的门,等待被心跳敲醒
敲醒夜里走丢的石头
迷路的羊。这时的羊睡在天上
和云混淆

我弓着身子,越睡越轻
渐渐忘记了三重门
忘记了三重门内的重重信仰
信仰与信仰,开始相互替换
相互冒充

长歌或短歌

长歌，给春天听
春天里有生育之痛
枝条或田野的皮肤，都将被撕裂
冰下的鱼咬住锋利的鱼钩，冰河忍住
融化之痛
山峰也有逆境，隐忍千年偶尔低头
多少泥沙就狂倾而落
长歌太长——
所以人间斑驳

短歌，是万物的喘息
天地原谅一只刚刚吞咽血的狼
它的步履和奔逃的鹿一样，皆恓惶
一只鸟在危崖上啼鸣时
蜜蜂正在一个美丽的心脏里跋涉
爱与被爱，皆是流浪

再长的河也会断，因为等待终会断
转经筒的喘息声其实是奶奶的喘息声
短歌很短，短歌一声又一声——
自己就用尽了自己

徒　手

其实有些事情徒手就可以完成
比如把一杯酒喝下去，不必动用爱
把一杯药喝下去，也不必动用病

我走路的方向和流水的方向是一致的
所以不必去触摸河之凉
春天来了，如果繁樱吹雪
婚礼和葬礼都是谦卑，不必动用命运

我每天的倒影都没入无边泥淖
清晨，我再把泥淖填满变良田
徒手就可以做到，不必动用余生

江　南

如果让我选择去江南还是去江北
我当然选择去江南
因为江南的风，是表姐喜欢的
她要在风中长久地等一个人

如果让我选择生在江南还是江北
我要选择江南
江南的每一枝油菜花，都是我的表姐
体内滚烫的油，等待被榨干

在江南，每一个表姐死去时
都会留下布匹
蝴蝶们会按照布匹的颜色换翅膀
那些布匹也会被群山围在身上

我总要选择江南
因为江南的眼泪再多，多成河
也不会结冰

太　极

我时而生于山南坡，时而生于山北坡
那是山的太极
我只有欢愉

我流于江河，或流于眼底
那是水的太极
我不择亏盈

我伏在地上做石头，或挂于天上做星斗
那是时光的太极
我无声坚硬

我站在土上有多繁茂的欢颜
深入土内就有多深刻的黑暗
那是我自己的太极

风 湿 痛

一只倨傲的鸟
落在我的右臂上
它扇动黑翅膀，没完没了

我的胳膊更加粗壮
举起酒杯和举起暴雨是同一种姿势
举起儿子和举起父亲是同一种姿势
举起现实之忍和虚无之忍，是
同一种姿势
举起风湿痛和其他的痛
也该是同一种姿势
这只胳膊可以揽住有痛感的各种痛
但是揽不住无痛感的各种消逝

卷五　秦俑

秦 俑

事死如事生
这是王给自己的谎言
和丹毒一起蔓延田野
田野寸苗不生，无力遮羞
泥俑们带着刀枪
带着指纹，带着昭告天下的黄粱梦
等待两千多个清明过后
重见天日

那么多人，提着总被修改的历史
来辨认，哪个俑
带着自己的遗容

旧 毛 衣

暗红的红，二十年的旧红
摊开在沙发上
一座旧花园

旧花园里没有明灯
些许暗火深藏
我找到那个可以将整个毛衣拆开的线头
轻轻一抻
二十年腐朽的芬芳
跟着我的手指，顷刻冲毁花园
轰轰烈烈

暗火乔迁，我的头发上燃起白色火焰

班家寨的太阳

春天，我愿意到班家寨晒太阳
我的影子在班家寨未播种的田野里
方具人形，我方可躲在影子里学佛

班家寨的麻雀奔波如常
我要把自己托付给渺小
才能做她们的姐妹。我要摒弃肝肠
方能描述肝肠寸断

天色将晚，太阳沉沦
麻雀收拢黑翅膀，先于我知道
所有的伟大
都必有沉沦
留下黑暗的地方，我们才敢去避难

景　深

走进野山，顺便让溪流也绕进来
走进故乡，顺便让奶奶复活
走进歧路，顺便和一位圣人相遇

我的心思都是突兀的
先于身体而来
像玉兰花般突兀，先于叶子而来

像玉兰花，先于叶子而来
也走不出叶子的景深
我的心思走啊走
走不出我的身体，也走得下落不明

满　弓

无论天上是否有满月
我的心里都有一个满弓
亲切的满弓、伶仃的满弓
绝望的满弓

箭在悬崖
如果我射出去
天上还是不会有满月
我的心里只剩虚空

我宁愿不发箭
听凭此弓越发绷紧
听凭此弓霸占我心脏的所有边境

相　告

我是目击者，我要告诉你真相
太阳东升西落
暴雨将至，蚂蚁的眼睛蔑视所有宏大
我还要告诉你
昨天偶遇的流浪猫的眼睛里
藏着喜马拉雅

我目击到树叶、秋风、山路、江河
无一不是信使
在告诉我，活着的真相里
轻是轻，重是重
但轻的不一定是心脏
重的不一定是山峦
遥远的未必在遥远处，睁开眼睛
眼睛里可能有世间的尽头

横断山脉

我儿子在背诵——
东起邛崃山，西抵伯舒拉岭
南北纵贯，东西骈列

我看见乌云层层，压上山顶
排排巨大的肋骨横亘
才有力量诉说苍茫
我的左眼含住金沙江，
澜沧江在右眼里奔流
我紧锁睫毛，拦住泥沙

这一夜，天地间的这排肋骨
被我弹奏不息
要弹"相见欢"，山顶的雪微微融化
何处泱泱
弹过"广陵散"
万里风沙知己尽，我又如何尽

这一夜
我一直捂住我的肋骨
捂住随时发生的雪崩

飘

"世上唯有土地与明天同在"

我无视我的土地与明天
以证明我在飘，无界
骰子一掷，战争让教义失语
种植园集体失忆

郝思嘉愿意擦掉鼻尖上的微汗
但是，不愿意擦掉裙子上的尘土
那长裙子，也在费雯·丽的身上

也在我的身上
我千回百转，想做她的姐妹
想在她的蓝眼睛里，写上我的目光
想以她的自私、任性、冷漠、无畏
换一次爱而不得，或者得而无爱
在已板结的典籍中
穿着裙子散步

这个雾霾的下午

我在屋子里喘气，不舒畅
就走到公园里
雾霾的公园像个仙境

少年时的梦境就是这样
我总想当仙女
在雾里唱歌，也挥舞衣袖
但对牛郎的相思之苦
我并不了然

小河冻住了，被雾霾修改成
仙女在天宫行走的大理石
我也被冻住了
挥舞衣袖被雾霾修改为
瑟瑟发抖

目光走不了太远
哪个方向都有重重棉絮
目光射向哪一方都成为自尽的箭
我把少年美梦放进雾霾的公园
不知是什么在自尽

近 视

所以，我看不清这个世界
我只好把晃动的认定为修辞
把静止的认定为宣判

我看不到高原上的神
只能看到佛堂里的福祉
雪在神灵的眼睛里，我看不见
我只好看见自己的眼泪

我看见一个人的手指
曾是一座山上的十棵参天树
我却看不清
最终，是否会伸向我

我看不清这个世界
只好，我有时藏身于人间
藏身于人间的盲区

冷

拎着冷风的冷
自四面八方
扫额扫唇皆留裂痕
吹发吹心皆断慈悲

这样的气温里
会有一些念想被冻伤
马蹄不问回家之路
多少个楚王不辨西东
我在自己的心里当囚徒
一步一牢笼

只因为太冷了
黄昏瘦弱的光，像个瘦弱的孩子
追我几步，就丢了
丢向四面八方

宽恕之意

北方的严冬，充满宽恕之意
土地冰封，宽恕未完成的生长
夜晚很长，长醒和长眠的人
可以重逢

躲在缝隙里的小蚂蚁
以一己之力，宽恕天地
天地如此辽阔，它也必须躬身

一如北方的母亲
她会唤来大雪，宽恕她用半生
耕于田野里的劳作与阵痛

新 台 历

于勤姐姐送我一本新台历
她说——
这上面印满了地球的照片，送你

新年的第一天
我翻开第一页。地球小小的样子
太空无穷尽的样子

我汗津津的手，把新生的我
放在地球上
把那些故去的我
放进太空里

卷六　我独自开车在高速路上

我独自开车在高速路上

我端坐在飞驰中
我和我选择的速度，形式主义分开

速度是什么？它对道路的击打
类似一种意志。它快一些
或慢一些，源头在我的内心
内心深处的深渊。要——
逃出去！

逃向哪里呢？
当狂流分散到我的手与脚上
方向与离合，又分散了我的欲望

旷野在车窗外向后飞
飞过去的寸寸旷野和时间一样
和我的前方无关了
和我的逃也无关了

相　遇

哦！据说山顶的风
不能遇见信仰
信仰要在低凹处
才能被匍匐的生灵遇见

三月春风，四月还是春风
被春风裁剪过的阴影
绕着山梁跳舞
可是北坡的树，遇不见
南坡的树

在无垠的虚空里
万种坍塌，与萤火虫的熄灭
都无声
唯有沉寂和沉寂会轰然相遇

混淆

我混淆了桃花和杏花
和它们突兀的盛开
混淆了叶片的脉络和石头的肌理
即便它们都深谙镌刻之道

我混淆了旋转和失重
即混淆了优雅与猝然
我混淆了经文与信函
即混淆了真理和悬念

因此，我没有栖息之地
也没有了栖息之地上
凡可能有的艰难
我知道，我一定悖于那些艰难

奶奶的纸牌

奶奶的纸牌
是长条形的，用手绢裹着，
我总是能在童年的窗台上
迅速找到它

我会和奶奶，和红波表妹一起
在童年里的下午
摆三把。每天只摆三把
摆出的形式像金字塔
一张一张去配对，能否拆掉塔
要敬畏牌中的神秘安排

拆开了，就是神秘在告诉我们——顺利
拆不开，就是神秘在告诉我们——不顺
顺与不顺，奶奶都不惊讶
看着我把纸牌小心包裹好

奶奶在岁月的深处
看着我那么多的顺与不顺，她都不惊讶
还看着
我总是把顺与不顺都小心包裹好
我也越发不惊讶

除 夕

这个时辰，我缓呼吸
天地为屋舍，月为兄
星成局

旧岁的三百六十五天里
我煮五谷的炊烟弥散，辽阔无边
自己向自己燃起的烽火
却烧不出胸膛

新岁里，我的面容因为更加像母亲
有可能被家乡的那个失忆老人端详
他如果叫出"小凤——"
我会答应

人世中还有五谷待我煮
除夕容我望星辰，炊烟与烽烟各不弃
局顺道

DI

流 浪 狗

这个时刻
它让我丢失我自己的光阴
只能看着它。春天的金丝的光线
在它的眼睛里闪耀
那些附着的忧虑，水汪汪的

我还没有转过身
就开始思念它。在这个十字路口
所有的证据都是伪证
所有的伪证，都可以证明我就是它
它流浪的苦楚
在我的毛孔里，长出荒草

它确认了
我不敢摸它，我不能带它回家
它就转身了。它留下一句话——
你对你流浪的身世
一无所知

清　明

只要碰到十字路口的火
不管是谁的火
我总是身体热、眼睛热、心头热

生死两茫茫
仿佛，火里有路
生为死热，死为生热
在一条路上

献词：一种指向

有可能虚拟一条路吗
以枝和蔓的名义，以倾斜的名义
理性与非理性，都需要出发

有可能虚拟一段岁月吗
以面具和血肉的名义，以我的名义
爱与恨，都要出生

虚拟一种力量吧
那些沉默的嘴唇，是苍鹰的嘴唇
翱翔，是别样的惰性

黑云压下山坳
一棵莠草伸出头颅
它将用毕生的时光虚拟一种生长
指向苍空

不安之梦

我和磊磊，那一刻是如花少女
那一刻的磊磊骑着二八大自行车
没有车闸。其实是车闸坏了
那一刻我坐在二八车的后座上
我们俩因为涂着廉价口红，娇艳欲滴

那一刻
我们俩喜欢飞
那一刻，我们俩在这二八车上
从公路的高坡左转飞下去
那一刻，一辆军用大解放卡车从对面
飞过来！用一秒钟，用半尺的距离
擦掉了我们的口红
那一刻，两个失去了血色的少女
看着天上的云朵，云朵是血色的

三十年后两个女人在万象城说话——
"我经常在梦中被这辆大解放惊醒！"
"我每隔几天，就要被这辆大解放惊醒！"
我们俩都涂着昂贵的口红
口红里的红，多坚硬
像我们活下来的命

英 文 课

此刻，是英文课
我儿子在练习成为优秀的刽子手

从简单的句子开始
我儿子手起刀落，把句子肢解成——
主语、系动词、表语
老师大声表扬：——好工作！
——你成功啦！你把句子的身体拆开啦！
——你很准确！

可是，有些句子身世浩大，神情虚妄
带着状语、补语，还带着过去的过去
我儿子手提尖刀，虚汗淋漓
挣扎在界限模糊的尺度里

我是陪读的母亲
看着句子的疼痛和儿子的疲惫
不能脱身

静 物

能够一动不动的物，因为灵魂安分
灵魂安分，是因为性命在安眠

比如朽木，比如河床
比如遥远的历史，睡在教科书里

可是这样的安分也不堪风扰
春风或秋风，撼动了我一下
我随手打碎了茶杯

春风或秋风，让一位帝王惊梦
他坐起来
暴雨扑向河床

青 花 瓷

博物馆里的青花瓷瓶
站着，在玻璃罩里
讲解员权威地说出她的年纪，不容置疑

今年又过半
我真切地看到她的肚子又鼓凸一层
这一层被专家称为釉彩，釉彩的光晕
或者伟大的工匠精神

我看到的是
她又吞掉新一年的险境
因为，她生为避险

数 伏

想抵达任何一种边境
都本无可能

我去触碰一只手
可是，这只手的制高点避开了我的高度
高过我今生与高度的契约

我在星空里找到自己
在四季的面貌里，辨识属于自己的
生长、盛开与枯萎
赋予自己星空的宽广与无限

但是，还是被一种命运避开了
避开的办法
是忧伤的电闪雷鸣

卷七　溪山行旅图

溪山行旅图

巨峰壁立，大宋山
归我了

飞瀑割山，割朝代
念念都是悬崖望深渊

僧西行，商东走
斗胆问宽兄——何方通明？

宽曰——
你听水声、风声、虫鸣声
哪一声不是在问
土石无家，人心无法
读画寻善吧

山岭隧道

你打通你的心脏
让通过的车辆拥有灯光
水泥墙壁，精准线段
车辆是飞驰的乌托邦
无暗、无碍、无愚公

穿过隧道时
附着在我身上的那个心脏
真平稳，无暗、无碍、无加持
我们一样，先练掏心术
再享乌托邦

小 城

小城里，心意都是节制的
马路和菜园交界处的青葱瘦弱
马路上的轿车，开不快
卷起些尘土，不浓不淡
东街张姨和南街李姨偶遇，寒暄

小城里的睡眠不深不浅
表姐有了白头发
她对那个男人的爱
不续不断

悔 过 书

燕子扭头，让出北方
北方以北，是地理学的海洋
海洋里有被淹没的城
城里有人类学的王
会走出海平面
以风速，叙述文明

有时浩大的喧哗，疆土裂开皮肤
有时一场大雪，一页悔过书

巴西木的花朵

花开就是人间喜
人间喜，有的好看，有的丑
丑的，可能怀着善的深意

巴西木在我的房间里开花了
很丑的黄花看着我
她的善意是让我完成与她的对照记

我的善是迟到的
迟于我对她灌溉的水

斑　马

撕破尼罗河岸的晨雾
将一些假寐放进河里
大河沉沦于眼底，泪含黄沙
大河是咆哮的囚徒

永恒清醒的是草原上永恒的绿
还有永恒清醒的斑马
斑马吞咽了别种色彩，只留黑白
斑马吞咽了非斑马之爱，只留自己的族
斑马吞咽了非洲之外的疆域，只留非洲

斑马生生吞咽了
所有非分之想。任凭有人
撕破尼罗河的晨雾，篡改黑白或生死

青 菜 欢

我折断一根芹菜的筋脉
香气四散。我的厨房里有好多菜
芹菜以芹菜的呼喊
呼喊油麦。油麦那优雅之美
白色的瓷盘，亦是她隐修之地

子时，寅时，卯时
都在众生的面相里
一寸的光阴，青蒿伸开腰肢
在我的筋骨里，在我筋骨里的差错里
甘蓝有些迷路

青菜一叶，书信一封
青菜写给落日，我对青菜诵经
这一日即将过去，我亦知晓青菜
和菜心里的小虫
缘何又一次放弃肉身

姓 氏 学

女人姓苏或姓林
是比较美的
姓苏——想到苏文纨
姓林——想到林黛玉
这些附加的风情，得天独厚
如果苏姓和林姓的女人
恰好愿意读书
她们就会让苏文纨和林黛玉复生
她们不理会时代
她们是面具也是肌理

她们端起酒杯
酒杯里汹涌着大海的孤独
她们会让桃花放弃死亡
让玫瑰长出满身的避雷针
她们无论穿着多么好看的鞋子
总是走向落日
她们走着走着，走到半路
就不见了

雨 水

这一天叫雨水
草木说的还是旧句子
候鸟之喉，喉破天亮

母亲们和姐姐们
坐在星上
她们垂下雨水的绳子

这些雨水的绳子
牵住少年的骨头和青马的发鬃
春风里没有秘密
少年会明了如何在身体里安邦
在孤灯下为王

在雨水的绳子里
找到能牵住他命的那一根

借

向白米借一点热量
向湖泊借一点眼泪
向拉萨的山峰借一点苍穹
走过安静的寺门
向经文，借一点灵魂

借一点，就够了
每一个早晨，露珠凝结
露珠仅借走一点忧伤

一只蜻蜓用枯草做拐杖
只借一个夏天。明月高悬
只借无眠人的夜晚

绝　技

一只小蜘蛛自棚而降
在书架的第一层高度，它停留一秒钟
第二层和第三层，它没有停
在第四层，它停住了
齐平我的视线

我无语问它——年方几何？
我无语问它——可觉得陡峭？
我无语问它——腹中有多少积怨
方可抽出绳索？

它略顿，瞬间回到棚顶
瞬间消失于缝隙
留下的，是我自己的年岁
我自己的陡峭和积怨
和蜘蛛随意颠倒的
这个乾坤

毫无把握

冰河里会出生多少磅礴
红嘴鸥毫无把握
由坚固到融化，经不起一个春天的早晨
看那长天无远
红嘴鸥背负着经纬与戒律
如期抵达
在水上，波澜被涂改后
还是波澜

春天，又一个春天
冰河会生出多少磅礴
交出全部的水，以亮出诚实
诚实是否永远少于自身
红嘴鸥毫无把握

老　戏

有的树
生就暗藏琴音
有的树，生而为棺

吹箫人在一段木头里
找到了失散许久的招魂调
一具薄棺
等来了那个不甘心的人

树认得树。所以
一支檀箫
在一具棺前，替那个不甘心的人
说明白了为何不甘心

炎症风暴

侵犯
厮杀
狂风
火
一个人体内的战场
形式古老
虚设了楚河汉界
最后一刻
每一个细胞都是以命相抵的小卒

终有平静
这个身体，像古老的大地一样
从此平坦而荒凉

吉 赛 尔

四月无法泯灭杏花的欢愉
杏花无法与风暴深谈
杏花只能加持即兴的病
和为病而徒生的死

有一朵杏花叫吉赛尔
白衣裙有时在枝头，有时在舞台
更多时候在坟墓的门口
海涅让她旋转
维克多让她旋转
可她不忍让阿尔伯特旋转
她还是愿意他活下去

幽灵们的业力是让人间有四月
有杏花，有死亡
让活着的人，活下去，有忏悔

卷八　铡美案

铡 美 案

奶奶会带着六七岁的我
一遍一遍看评剧《铡美案》

小戏院很冷
但比不上秦香莲的心冷
当秦香莲哭得最凶时
当奶奶陪着秦香莲一起哭时
当我也陪着天下女人一起哭时
当我濒临绝望时
我就去看露出半个身子的
在幕侧穿着中山装的伴奏员

那个拉胡琴的男子开始用力
把一根琴弦抽紧，引领展昭或包公
共时或历时
引领更多的他们腾空跃起
在最高音处，取刀
铡向负心汉

六七岁的看过《铡美案》的我
总是想，最可信的人一定在场外

天堂口哨

一个男人，戴着口罩在等车
口罩里传出口哨声
技艺惊人
那首曲子叫《天堂》

哨音的低洼处，河水清澈
一脉高音，羊群在天空加急了步伐
那些风，在口罩里吹
吹得草原覆盖了我眼前的柏油路
覆盖了路对面的省医院。所覆之处
徒有生死经道

这个男人带着口罩里的天堂口哨
带着我出窍的神经，上了公交车
走了
我抬起脚，开始找路

给策兰

难为你·
认识很多植物和它们的种子
静穆时刻，德语诗的韵脚是桤木色

暮雾被披在身上
二十世纪的雨水有黑牛奶的味道
你跃下米拉波桥的时候
那些水曾想把你拦住
又必须接受你之灰烬
你之灰烬

我们等待妈妈快回来
妈妈快点儿转动门轴
妈妈打开衣柜，晾晒乌克兰、死亡
和悖论
悖论之一：亡灵会被天使打扰

你看到的那"被赦罪的水"
我终将看到
"来自明天"
来自我爱你的渊源

桃 花 庵

一朵桃花，是一个粉色的庵
有些箴言，藏在庵里
避开智者，只给愚人看到

愚人看到桃花开，逝者回
愚人看到去年的劳碌还在庵里
有黄色的秋千架
祖母和我的面孔，互寂照
互明鉴。花蕊年幼

桃花无智
每年三月，她都会把盛大的去年
和去年的去年
开一树
如果愚人对着桃树喊祖母
祖母就飘下来
每一朵落地后都是小小的故乡
去年的故乡，祖母的故乡
纷纷扬扬的，都在

游吟诗人

他拿着未写完的诗篇
阻止我枯萎
那些伟岸的词语
容留我

游吟诗人总是站在夜的出口
交给我铁链、黄金、花朵
与天平
当他走出夜
我交出眼泪

当他不再来
我交出法则

问 樱

是不是，繁物必生于血
必吐尽血

是不是，必先悬在枝头
再化作蝼蚁的骨头

是不是我先见过你
才能成就永别

是不是我要用一个春天
去抢救一个莫须有的春天

是不是每一个词
都徒具形骸

写　信

一封长长的信
年轻的写信人
中世纪的衣领还是洁白的
信没写完，没寄出
他的语言像圣婴一样
还在出生
写信人无法让语言走出信
一粒碎沙的哭泣
是对信的补偿

哭泣在哭墙上
是对语言的补偿

流　速

朝流夕流
能相认的是主流
失散的是支流

有些支流走到穷尽处
方知道，失去水的河床上
写有流速

主流的流速
支流的流速
都是可计量的孤独的流速

百　业

我以斧为枕
"我不负沙场，头发没有雌雄……"

我抱薪热灶
"训生诚熟，我男人在麦田里
根根麦子都是他的兄或父……"

我化蝶扑坟
"梁兄的翅还有体温
梁与祝的隐遁不过为出界的行走……"

我收拢一江水
"江边的那只白鞋子是我做的
刚好盛满一江水……"

无一业
不是自己心里的火
把自己烧成了灰。有的成为修辞之灰
有的只成为灰

伍 尔 夫

我对你说，伍尔夫
如果每一个自我，都有洞见
那么，我愿意与自我相互杀伐
那么，我也愿意与你
相互杀伐

无蔽的女人一同真知
失魂——应该失魂
落魄——应该落魄
肉体与石头一同沉于水
水，方得魂与魄
方得精神的重量

我希望你像接纳钢刀一样接纳我
那些病灶，都在樱草园
你我相互杀伐之后
我们的申诉，才显得彬彬有礼

阴 天

抬起头
极目之处就在睫毛边上
这被抽走了内容的天空
沉闷，均衡，无象
无象，才是伟大
无象，这种伟大才能低下来
无象，我的心脏才能宽宥云朵

记忆与遗忘

天上诸星
容我独自挪动昼夜与春秋

夜与昼，一样重
我想挪动一下，是徒劳的
春与秋，一样重
我想挪动一下，是徒劳的

天上诸星告诉我
生和死，一样多
想挪动，是徒劳的
记忆与遗忘，一样重
想挪动，更是徒劳的

戒　律

如果潮升两岸
那是险境
如果蜜蜂以蜜抵御
那是绝境

我听到的鼓声，如果是用心脏碰响的
是难境
我终将难

我懂得戒律
可以用肉体扶托灵魂
也可以用灵魂摆渡灵魂

戒律是直的
我只能生生弯曲

夜行的货车

夜行的人，和夜行的货车
都能运载黑暗
清风漫过脚背或轮胎
错过恒常，便际遇无常

托物言哀，哀即我象
托物望喜，喜有多喜，我就多喜
无须分辨
辨则伤

多么值得执迷
溢出黑夜的黑暗，必朽
必朽成朝露

第 九 劫

如能风调雨顺，秋水暗涌
六岁的秦王在书写
十八岁的汉帝懂得谷粒之沉
赤壁在一把折扇上，烽火不灭
杜鹃伸长脖颈，把想飞起的村庄
压一压
一个人眉头上的荫翳
和天上的一朵阴云，互为遗产

怕的是，如果风调雨顺
大家在一阕无名词里
相遇，相认，相泣

卷九　空空如也

空空如也

我喝掉了这杯水
杯子空空如也

我吃掉了一碗饭
这只碗空空如也

一个人曾给我灌输了很多错觉
转身后，时光里空空如也

我父一生写满了备忘录
他在一次病后
脑中空空如也

空穴来风，到处都是风
蚁言圣道：空空如也

家　谱

这个庞大的家族
立在图书馆的架子上
唐朝的丰腴犹在
明朝的工整犹在
弦内之音与弦外之音
整局与残局，依然在每一个名字上
横横竖竖，有依有靠

员外一手好字画
明月鉴："相公，请了——"
海棠蝴蝶飘得子子孙孙声声叹
偶有摇晃的醉人
放过海棠与蝴蝶，放过自己的清癯瘦目
"此生，罢了——"
他的名字，在家谱空白处
无平仄，若星辰
总有星辰，无平仄，若某卿

飞机和梳子

青年我爸曾赴战场
回家后，带回几个物件
一把梳子，被我收藏
她银光闪闪。她曾飞在天上
是银光闪闪的飞机
整全的她被击中的时刻，像鸟
掏出心肺
皮肤的碎片被一名叫战士的男孩子
用小锯条慢慢磨成梳子
战场上的黑夜像梳齿一样整齐

此刻她在我手里
有着飞机该有的不测
有着梳子该有的可测

宫　墙

我更愿意在宫墙外，沿着墙壁听
一位旧主的枯萎之声和复活之声
都在宫墙壁里
年复一年，那蟋蟀深知的陡峭

向左一点，他以少年俊貌
目睹江山横翠。他再把江山和自己一起
一寸寸倾倒给晚霞
每一寸，都是可计量的历史
每一寸的中间，都有被折断的臂弯
臂弯有如河湾，尽有虚构

向右一点，我静听虚构
悬崖也想坠落，实则悬崖上的魂灵
连坠落也做不到
历史书上
虚构的，过于苍白
苍白中的恐慌，又夜夜回来

鸟　殇

这只鸟的死和某人对死的微弱理解
同步到达这里
正午的阳光暴烈，必圈定忧患之域
它为何飞进钢化玻璃夹层里？

如果忧患必有出处
它找到这处

"玻璃的通透是穿不过去的通透
是谎言
玻璃夹层里的炙热会灌满你的胸肺
那个人会走过去，不会救你……"

它刚刚死去，就听到了告诫
阳光瞬间烤干了它留在玻璃上的血迹
它的翅翘着，持续描述不解

理　由

成为理由的，都是恐惧
黄昏之下，我靠拢恒久
以短暂为由
刀刃已然否定锋利
那些等待发生的秘密还是奔向它

黄昏已然死去
那浓重的金色，还是奔向它

愿　望

我愿意成为流水可以带走的
那部分
可以成为盐。可以寻找一对眼眶
流出，或被收留
可以用礁石的身份生长
在平静的日子里，长成冰山

自己看见自己，是陌生的
更陌生的是符合心愿的那部分
但愿那部分长得离奇又锋利
在新年的夜里
反手修改自己

重　逢

芦苇翻出体内的茸毛
翻出轻
顺从时间之内的风向，终会失散
顺从时间之外的虚无，终有重逢
远方，地平线是乌有的浩荡

所有的轻
够不够
用以填充失散后的辽阔
用以扶住重逢后
一个词语的战栗

青城山记

丹梯千级
如果肉身愿意拾级而上
如果肉身里长着人世常见的恩怨

千级梯上，站满了影子
祖师的拂尘，已被尘埃躲开
白氏女的眼泪挂在树叶上，不落
交织的叶子，重叠的叶子
交织的影子，重叠的影子
在拥挤的荒凉中
等待再相往来
一张图纸在飞沙堰上飘
那对瘦弱的父子，挽着岷江奔走

大清里有故交
大浊里有夫婿
江山在云海里，形同虚设
还记得方言吗
乌鸫的喉咙里，经文一声高
一声低

听 琴 图

风过松针
弹者左手划过大宋的江海
江海无为，无尽流

一弦音弱，穿过右手
穿过凌霄花蕊
大宋的母亲们，轻抚所有子民

当山石以玲珑为态
听琴者需剥出玲珑之心
方能剥出心跳中的万种葳蕤
寻道人，任双手在弦中缠住光阴
大弦扬雪，小弦种花
剥出万物有衡

他着红袍，他着绿袍
一曲未终
红袍之红知之遁
绿袍之绿知之道

敲钟人和钟

敲钟人把日暮之沉与日出之轻
都交给钟

山下有血肉悲喜
一醉不能方休
一死不能了断
山上冷泉以不绝表述决绝

灵山寺在半山腰上
敲钟人，用青铜的眉宇
给予钟无顿无挫的王权
无顿无挫的光阴

沼泽之书

沼泽用浓盐、泥炭、灌木、苔草……
叙述险象
这些险象从泥淖里浮出来，或陷下去
巨大的荒谬持有法则
这是可以公开的

沼泽用浓盐、泥炭、黑骨、白骨……
叙述植物体融入动物体时，如被怀璧
动物体融入植物体时
痉挛的是淤泥
腐朽之痛是巨大的快感
这是不能公开的

沼泽用恒久的不可测，叙述沼泽鹬的唯美
她有多唯美
泥淖中起飞，生与死都是意外

寒江独钓图

世界荒疏成一人一竿
和一尾尚未游来的鱼
江水意绝
荒疏成空白

还能至何度?

还能荒疏至远生的眉头
他合住眼睛
北宋在上游
南宋在下游

远生一笔淡墨
就让一江水囚住大宋的波涛
只忍耐一根线条的微浪

后记

后　记

我对这个世界的好奇心，都在诗句里呈现，感谢诗歌！

诚挚感谢霍俊明老师——为这部诗集作序言。霍老师深透的分析与宝贵的意见让我感动！

诚挚感谢刘川老师——对这部诗集的策划及对我多年的扶持！

诚挚感谢林喦老师——从学术角度，助我调整方向！

诚挚感谢春风文艺出版社姚宏越编审——为这部诗集的出版付出辛苦！

诚挚感谢我的表妹王璇——以专业的汉语言修养提出意见！

诚挚感谢我的密友戴墨、王爽、怡旸——看过我的每一句诗！

诗——最上之物！

孙担担

2021 年 3 月　沈阳

孙担担

　　出生于 20 世纪 70 年代,
现任教于沈阳大学文法学院,副
教授。中国作家协会会员,二
级作家。辽宁省作家协会全委
会委员,沈阳市作家协会副主
席。出版诗集《舞者》《刀的刃
冰凉着》《草药说》《前方 100
米》。获得第四届辽宁文学奖诗
歌奖。